Schmusewolf

# Ein Parson Russell Terrier

# — unsere Liebe

Marlis E. Hornig

Schmusewolf

Ein Parson Russell Terrier —
unsere Liebe

Namen, Personen und Handlung sind meist frei erfunden oder bisweilen erlebt. Unseren Parson Russell Terrier Asterix gibt es wirklich.

*Bibliografische Information der Deutschen Nationalbibliothek:*
*Die Deutsche Nationalbibliothek verzeichnet diese Publikation in der Deutschen Nationalbibliografie;*
*detaillierte bibliografische Daten sind im Internet über http://dnb.dnb.de abrufbar.*



Weitere Fotos und Infos:
www.familienwolf.beepworld.de

www.ostsee-loft-wolkenlos-wolke7.beepworld.de
www.skipperasterix.beepworld.de
Autorenwebseite:
www.marlishornig.beepworld.de

*Herstellung und Verlag: BoD – Books on Demand, Norderstedt*

*ISBN: 978-3-7526-4472-2*

## Prolog

Dies ist das vierte Buch über Asterix. Ich schreibe es, um die wunderschönen, einzigartigen Erlebnisse festzuhalten, die wir mit ihm und durch ihn haben.

Asterix ist eine wahre Bereicherung unseres Lebens in guten wie in schlechten Zeiten.

Hier erzähle ich Geschichten von einem kleinen Hund mit einem großen Herzen.

Zwei wunderschöne dunkelbraune Augen,
eine weiße Blesse,
eine Schnauze wie ein junger Wolf,
ein herzförmiger Fleck auf dem Rücken —
das ist Asterix,
unser Parson Russell Terrier.
Mutig und verspielt,
lieb und kinderlieb —
selbstbewusst entdeckt er die Welt!
Er ist der Schönste und Liebste für uns.
Danke, dass es Dich gibt, lieber Asterix!

Für meinen Enkel Fabian
und die ganze Familie


Du bist zeitlebens für das
verantwortlich, was du dir
vertraut gemacht hast.

Der kleine Prinz von Antoine de Saint-
Exupéry

# Ich stelle mich vor

**Mein Steckbrief:**

| | |
|---|---|
| Name: | Aus dem Siebengebirge Asterix |
| Lieblingsfarbe: | Blau |
| Lieblingssong: | Eine Nacht von Ramon Roselly |
| Lieblingssprache: | Englisch und Französisch |
| Lieblingsplatz: | Atelier Hellblaue Wellness-Liege |
| Lieblingsspeise: | Linguine Gamberetti |
| Hobbys: | Im Garten spazieren ums Haus |
| | Ball spielen mit Ole + Leo |
| | Schmusen und Faulenzen |

Mein Name ist „Asterix".

Dann heiße ich noch „Astimaus", weil mein Frauchen Marlis meint, ich sehe aus wie eine Maus. Manchmal! Oder „Schmusewolf", weil ich vom Wolf abstamme und so verschmust bin.

Ihr dürft raten: Was für ein Tier bin ich nun?

Ein Haustier und zugleich ein Raubtier, das sein Haus und seinen Garten über alles liebt.
Ich bin ein Parson Jack Russell Terrier.


Im Siebengebirge, genau gesagt in Windhagen auf einem Bauernhof, bin ich geboren.
Meine Mami hieß vom „Ilmtal Ornella" und lebt leider nicht mehr. Irgendwann hat sie sich in Little Hunter Ediz verliebt, mit dem sie oft spielte und im Siebengebirge spazieren ging.
Eines Tages gab sie ihm die Ehre und wurde die Mutter von 5 süßen gesunden Russell-Welpen.
Das war am 5. Mai 2005. Ein schönes Datum. Was meint Ihr?


Meine Geschwister heißen:
Amai, Agathe, Anton, Akino


Ausgefallene Namen, wie ich finde.


Meine Menscheneltern durften meinen Namen selbst wählen, weil sie die ersten Besucher waren und mich ausgesucht haben.

Ich bin sehr stolz auf meinen Namen „Asterix" und
mache diesem alle Ehre. Wild wie der Gallier Asterix!
Das zeigt auch die erste Geschichte in diesem Buch.




## Ausgebüxt


## Parson Russell Asterix entdeckt Mehlem

Donnerstag, 28. Februar 2019

Tatort:         Bonn-Mehlem,
Zeitpunkt:   Weiberfastnacht

Ich, der wilde, neugierige Russell, bin in unserem Garten und springe munter herum. Frauchen und Herrchen schauen mir zu und beobachten mich.

Was ist denn da los? Das Gartentor ist leicht geöffnet. Meistens ist es gut geschlossen, und ich kann nicht aus dem Garten schlüpfen. So nutze ich denn heute die Gelegenheit. Wie ein junger Spund laufe ich schnell durch die Öffnung. Niemand scheint es zu bemerken. Voller Mut laufe ich nicht wie sonst, wenn ich entwischt bin, in den Drachensteinpark, sondern schnurstracks nach rechts.

Diesen Weg bin ich schon oft mit Frauchen gegangen, um am Fischstand auf dem Mehlemer Marktplatz, der meist leider ein Parkplatz ist und voller Autos steht, leckeren Fisch zu schnuppern. Dann bekomme ich meist ein, zwei Sprotten von dem netten Herrn in dem Fischwagen. „Das ist für die Muskeln der Hunde gut", erzählt der sympathische Fischhändler. Aber heute ist der Fischstand nicht da. Und auch nicht der Hähnchengrill, wo ich manchmal ein kleines Stückchen Hühnerfleisch bekomme. Den großen Marktstand, wo es schon mal Leckerlis oder ein bisschen Fleisch vom Sonntag gibt, kann ich ebenfalls nicht entdecken.

Was ist denn heute los? Viele Leute — in komischen Klamotten — sind unterwegs und sind lauter als sonst.
So wage ich es denn und renne auf die andere Straßenseite, obwohl ich das nicht darf...

Autos rasen an mir vorbei. Meine armen Ohren, meine arme Nase! Glücklich und unverletzt auf der anderen Straßenseite angekommen, denke ich so bei mir:
'Dahinten irgendwo muss doch der Fleischer sein, von dem ich manchmal 2 oder 3 Scheiben leckere Wurst bekomme aus artgerechter Tierhaltung. Mal sehen, ob ich eine Chance habe. Auch ohne mein Frauchen?

Wie traurig: dieses Geschäft ist geschlossen. Niemand da. Mittagspause? Weiberfastnacht?

Was nun? Weiter sind wir lange nicht mehr gegangen. Nur vor vielen Jahren auf dem Weg zur Hundeschule. Ratlos schaue ich mich um. Da entdecke ich zwei junge Leute, die auf mich zukommen, mich anschauen, nach meiner Hundemarke von TASSO suchen und sie nicht finden. Schließlich machen sie ein Foto von mir. Die beiden sind ganz lieb. Sie überlegen wohl, wie sie mir helfen können. Sehnsüchtig schaue ich mich nach meinem Frauchen um. Stimmt, ich bin ja ausgebüxt. Sicher wird Marlis mich suchen und kommt gleich. Die jungen Leute fragen im Friseurladen gegenüber, doch niemand kennt mich. Zunächst nehmen sie mich in eine fremde Wohnung mit. Das ist wohl ihre Wohnung. Da muss ich mich gut benehmen. Die junge Frau und der junge Mann sind total freundlich.
Später hat mein Frauchen erfahren, dass die Eltern des jungen Mannes auch Hunde haben.
Währenddessen sucht mein Frauchen laut rufend und mit unserer Trillerpfeife pfeifend nach mir, aber leider an der falschen Stelle: sie läuft im

Drachensteinpark umher, wo mich niemand gesehen hat.

Später erzählt sie mir dann, dass sie kurz überlegt hat, mich bei Facebook auf der Seite *Mehlem, du ming Dorf am Rhing* einzustellen mit Foto und „WANTED". Doch dann entscheidet sie sich, mich lieber wieder suchen zu gehen. Hierbei hilft ihr ein freundlicher Mann aus der Mainzer Straße, der uns vom Sehen kennt.

Inzwischen haben die jungen Leute Fotos von mir auf die bewusste Seite gestellt mit der Frage: „Wer kennt diesen Hund?" Da sie noch etwas vorhaben und sich direkt niemand meldet, beschließen sie, mich ins Tierheim nach Remagen zu bringen.

Dann irgendwann am Nachmittag geschieht etwas Erfreuliches, das die weiteren Aktionen ins Rollen bringt. Eine sympathische Nachbarin von uns meldet sich bei Facebook mit den Worten:

„Das ist doch der Hund von Marlis Hornig. Sie sucht ihn, ihren Parson Russell Asterix, schon seit einiger Zeit. Die Nachbarin schickt uns eine PN (persönliche

Nachricht über Facebook) und versucht, uns telefonisch zu erreichen. Doch ohne Erfolg.

Als mein Frauchen dann schließlich ganz traurig und mit den schlimmsten Gedanken im Kopf nach Hause zurückkehrt, überschlagen sich die Ereignisse.

Anruf von dem Finder, meinem Retter, Anruf von TASSO: „Asterix ist da!", kurze Meldung per Smartphone an unsere Familie, doch alle feiern. Es ist Weiberfastnacht im Rheinland. Ausnahmezustand. Niemand zu erreichen. Danach Anruf im Tierheim Remagen. Asterix ist wohlbehalten und lieb. Die Mitarbeiter dort haben seine Chipnummer im Ohr ausgelesen und seine Nummer bei TASSO gefunden. Das ist eine Tierschutzorganisation, deren Schwerpunkt das Auffinden von verloren gegangenen Hunden und Katzen ist.

Da hat mein Frauchen eine Idee. Sie ruft unsere netten Nachbarn an. Monsieur Meyer-Chopin ist auch direkt bereit, mich zusammen mit meinem Frauchen im Tierheim abzuholen. Meine Menscheneltern sind überglücklich!! ICH, ASTERIX, DER WILDE RUSSELL UND GALLIER, BIN WIEDER DA!

Ich sitze im Tierheim in einem gemütlichen Körbchen und warte... und denke so für mich:
'Hoffentlich werde ich bald abgeholt!'

Dann geschieht das fast Unglaubliche. Mit einer hübschen roten Leine versehen, werde ich in ein Büro geführt. Überraschung: Da ist mein Frauchen! Mein Herz schlägt wild. Mein geliebtes Frauchen bückt sich zu mir herunter, knuddelt mich und streichelt mich zärtlich. Wir sind wieder zusammen!

Aber bevor ich gehe, muss ich noch zwei hübsche Hundemädels begrüßen: eine braune Australian Shepherd Hündin namens *Audrey* und eine weitere süße Hündin, deren Namen ich vergessen habe. Mein Frauchen hat für uns kleine Leckerli mitgebracht. Hmm! Bevor wir mit unserem hilfsbereiten Nachbarn nach Hause fahren können, müssen wir noch einige Formalitäten erledigen. Jetzt hat das Tierheim in Remagen unsere Adresse und Telefonnummer, falls ich noch einmal ausreiße. Doch das habe ich nicht vor. Von nun an weiche ich meinem Frauchen nicht mehr von der Seite.

Auf diese Weise habe ich ein neues Gefühl kennengelernt:


SEHNSUCHT: NACH MEINEN MENSCHENELTERN, NACH MEINEM ZUHAUSE. NACH MEINEM LEBEN IM ROSA HAUS AM DRACHENSTEINPARK.

Zum Abschluss möchte ich allen Dank sagen, die an meiner Suche und meinem Auffinden beteiligt waren. Es gibt doch viele nette Menschen in Bonn-Mehlem, und ich freue mich, dass ich hier wohne.

**Das ist meine Heimat!**

Ich bin zwar gerne auf Reisen, doch am liebsten bin ich zu Hause und gehe am Rhein und um die Felder spazieren.

# Meine Internet-Liebe

Ich bin verliebt. Sie ist ein besonders süßes Parson Russell-Mädel und heißt Lizzy. Sie trägt eine wunderschöne Perlenkette als Halsband. So eine Perlenkette wie Audrey Hepburn sie in dem Film „Frühstück bei Tiffany" getragen hat. Als mein Frauchen Marlis bei Facebook gesurft hat, habe ich das niedliche Russell-Mädel entdeckt.
Die Hübsche wohnt in Worms mitten im Grünen, umgeben von wunderschönen Blumen so wie ich. Sie hat einen Bruder namens Wayne.

Auffallend ist ihr niedliches Gesicht: Weiß mit zwei zarten braunen Flächen an den Seiten, die nun etwas heller geworden sind. Das hat seinen Charme. Ihre braunen Augen wirken dadurch noch dunkler und sehr verführerisch.

Leider wohnt meine neue Internet-Liebe nicht in unserer Nähe hier in Bonn-Mehlem. Dann könnte ich sie jeden Tag besuchen, an ihrem Zaun warten, in den Garten schauen, bis sie vielleicht bald auftaucht. So bleibt mir nur, jeden Tag zu warten, dass mein Frauchen ihren rosa Laptop hervorholt und die berühmte Facebook-Seite von Gabriela G. aufschlägt. Und ich wieder in diese schönen Augen schauen kann. „Schau mir in die Augen, Kleines!", möchte ich dann am liebsten sagen.

So bleibt mir nur zu träumen. Zu träumen von einem gemeinsamen Spaziergang, einem spannenden Gassigang, von einem zarten Küsschen erst auf ihre Wangen, dann auf ihren feinen Mund...

WhatsApp an Lizzy:

Liebe Lizzy,

seitdem ich Dich bei Facebook auf der Seite Deines Frauchens entdeckt habe, kann ich nicht aufhören, an Dich zu denken. An Dich, meine süße Unbekannte.

Was magst Du am liebsten? Gehst Du gerne spazieren? Gehst Du gerne Gassi? Ich liebe es, im

Gras zu schnüffeln. Aber Deinen Duft habe ich leider noch nicht gefunden.

Ein liebes Wuffwuff für Dich
Aus dem Siebengebirge Asterix von der Godesburg

Antwort-WhatsApp an Asterix,

bist Du auch so wild wie der wilde Gallier Asterix? Ich mag wilde Rüden. Ich mag es auch, wenn sie zärtlich sind. Magst Du Leckerlis? Welche? Ich mag die flachen Braunen mit Geflügel.

In Gedanken teile ich mein letztes Leckerli mit Dir...

Lizzy

Antwort von Asterix:

Auf unserer Wiese vor dem Haus gibt es ganz viele Gänseblümchen, 1000 oder so. Gern würde ich Dir eins schicken. Aber wie? Online? Da lasse ich das Gänseblümchen doch lieber leben.

Ja, ich mag Leckerli. Genau die flachen Braunen mit Geflügel wie Du auch!

Ich möchte mit Dir nach Norderney fahren und am Meer entlang laufen. Ich möchte mit Dir schmusen — hinter irgendeinem Baum... Du findest mich sicher frech! Draufgängerisch!
Nun ein anderes Thema:
Hast Du Freunde oder Freundinnen? Erzähl es mir!

Ich habe drei Freunde:

Erstens:

Ein Eichhörnchen Croque-Noix = Nussknacker.
Diese Freundschaft begann auf eigenartige Weise.
Vor ein, zwei Monaten entdeckte ich das hübsche kleine braune Tierchen bei uns im Garten, unter einer Tanne sitzend. Eine Haselnuss – offensichtlich aus unserem Garten – hielt es zwischen seinen Vorderpfötchen und knabberte daran. Zunächst beobachtete ich es aufmerksam. Doch als es sich plötzlich bewegte, erwachte mein Jagdtrieb. So schnell ich konnte, lief ich ihm hinterher und hatte es schon fast erwischt. Doch der Kleine war schlau.

Mit einem Satz sprang er schnell und behände auf die Tanne. Er rangelte sich von Ast zu Ast. Anfangs versuchte ich noch, den Baum zu erklimmen. Doch vergeblich... Meine Krallen sind dafür wohl nicht geschaffen.

Ich musste lernen, dass ich das flinke Eichhörnchen nie erreichen würde. So beschloss ich denn, es zu meinem Freund zu machen.

„Wuff, wuff, Croque-Noix, willst Du mein Freund sein?", fragte ich vorsichtig mit leiser Hundebelle, um es nicht zu erschrecken.
„Ja, gerne", piepste Croque-Noix mit zarter Stimme. Es scheint, dass das Eichhörnchen, ein kleiner Junge, noch sehr jung ist.

Seit unserer ersten Begegnung verbindet uns eine wunderbare Freundschaft.

Zweitens:

Mein zweiter Freund ist eine Freundin, Lakritz genannt. Sie ist eine Katze, schwarz mit weißen Pfötchen und einem weißen Schnäuzchen. Wir sehen uns nicht oft, weil Lakritz eher nachts unterwegs ist und ich tagsüber. Manchmal sehe ich sie kurz morgens, wie sie auf unserem weißen Gartentor sitzt. Doch sobald sie spürt, dass ich komme, springt sie schnell auf den Parkweg und flitzt davon.

Ich mag das Kätzchen Lakritz!

Von meinem dritten Freund erzähle ich Dir ein anderes Mal. Erzähl mir von Deinen Freunden, bitte.

Ich verabschiede mich für heute mit einem winzigen Küsschen.

Asterix, der wilde Gallier

Einige Tage hörte und las ich nichts von Lizzy. Hoffentlich geht es ihr gut. Aber ich will nicht ihr Frauchen fragen. Ich will nicht neugierig sein, was ich eigentlich bin. Doch am Anfang dieser neuen Liebesgeschichte möchte ich mich von meiner guten Seite zeigen. Will ich doch sympathisch bei meiner Angebeteten rüber kommen.

Dann an einem Sonntag entdecke ich eine neue Nachricht in unserem WhatsApp-Chat:
Lizzy
an
Asterix


Lieber Asterix,
niedlich, wie Du von Deinen Freunden erzählt hast. Ich bin neugierig. Ich möchte das Eichhörnchen Croque-Noix und das Kätzchen Lakritz gerne einmal kennenlernen.
Und natürlich auch Deinen dritten Freund, den Du mir noch nicht vorgestellt hast.
Also, ich habe 2 Freunde:


An erster Stelle steht Wayne. Er ist mein lieber Bruder und zugleich mein bester Freund. Wenn es mir mal nicht so gut geht, erzähle ich es meinem Bruder, und er gibt mir gute Ratschläge. Weil ich nun schon 14 ½ Jahre alt bin, kann ich die hingeworfenen Leckerli nicht immer gut erkennen. Es ist Wayne, der mir dann gerne beim Suchen hilft. Als Belohnung darf er ab und zu ein Leckerli naschen.

Mein zweiter Freund ist eine Freundin wie bei Dir. Sie hat wunderschöne lange Beine und heißt Josefine. Sie ist eine bunte Libelle. Mein Frauchen mag sie nicht besonders, obwohl Gabriela im Allgemeinen sehr tierlieb ist.
Ich bin oft müde und muss mich öfter ausruhen als früher. Kennst Du das auch?

Für heute sende ich Dir zwei ganz zärtliche Küsschen.
Deine Lizzy

Antwort von Asterix an Lizzy:

Ja, das kenne ich auch. Gerade habe ich ein Mittagsschläfchen gehalten, nachdem ich wild in unserem Garten herumgetobt bin.

Meine Leckerlis kann ich auch nicht mehr so schnell entdecken wie früher. Wenn mein Frauchen Marlis ein Leckerli wirft und dann gleichzeitig „Such" sagt und ich noch die Handbewegung sehe, dann fällt es mir leichter, das Leckerli zu finden. Ich bin eben ein Senior!

Deine Freunde Wayne und die bunte Libelle Josefine würde ich auch gerne kennenlernen. Fotos von den beiden konnte ich ja schon im Internet bewundern!

Nun zu meinem dritten Freund: Es ist ein kleines Vögelchen – ganz jung. Ein Rotkehlchen, das ich heimlich „Roti" nenne. Es kommt jeden Morgen zu uns ans Terrassenfenster, um die Krümelchen von unseren Brötchen zu fressen, die ich übrig gelassen habe.
Und es piepst und singt so schön...

Ein Lied für Dich „Eine Nacht mit Dir!"

Ich denke an Dich.
Ich träume von Dir, liebste Lizzy!

Dein Asterix, der wilde Gallier

P.S.: Vielleicht können wir einmal zusammen nach Gallien fahren? In die heutige Bretagne, wo Asterix gelebt hat. Vor langer Zeit...
Was meinst Du?

Dann: große Traurigkeit. Melancholie.

Es ist ein trauriger Tag. Es regnet.
Ich muss immer an Dich denken, wie mag es Dir wohl gehen, liebe Lizzy dort in der Ferne.

Es war der Tag, als Lizzy über die Regenbogenbrücke ging. Hoffentlich bist Du gut über die Brücke gekommen und bist nun im Himmel, meine Internet-Liebe. Mein Mädchen mit der wunderschönen Perlenkette.

Eines Tages werden wir uns wiederfinden.
Eine Träne rollt meine Wange entlang.
Und mein Frauchen Marlis hat auch Tränen in den Augen.
Ich war doch gerade dabei, mich in Dich zu verlieben, mein Facebook-Mädchen...

Und ich hatte so schöne Träume mit Dir.
Was ich alles mit Dir erleben wollte...

Jede Liebesgeschichte ist anders.
Dies ist eine ganz besondere Liebesgeschichte, die traurig endet, bevor sie überhaupt begann.

Danke, allerliebste Lizzy, für Deine WhatsApp-Nachrichten.

Danke, dass es Dich gibt! Jetzt bist Du im Hundehimmel. Ganz bestimmt. So lieb, wie Du warst.

Später erfährt mein Frauchen dann auf der Webseite von Lizzys Frauchen, dass wir verwandt sind. Wir haben denselben Großvater!
Wie ist die Welt doch klein...

# Mein bester Freund Ole
## oder
## „Mami, ich bin Beute!"

Du warst ganz klein, als ich Dich zum ersten Mal sah. Du warst noch ein Baby. Nun bist Du ein großer Junge von 12 Jahren.

Ich habe Dich von Anfang an gemocht.   Als Du Baby warst, habe ich Dich abgeleckt im Gesicht, an Deinen Ärmchen und Deinen Beinchen. Warum?

Bei einem Spaziergang hatte ein Bauer einmal zu meinem Frauchen gesagt, dass eine derartige Prozedur die Abwehrkräfte eines Kindes stärken würde. Deine Mami war einverstanden. Und Du bist ein kerniger, gesunder Junge geworden, der an keiner Allergie leidet und selten krank ist. Wenn ich das mit meinem Ablecken bewirkt habe, dann ist das gut.  Irgendwie verbindet uns das.

Und ich mag Dich so sehr. Leider kann ich es nicht immer richtig zeigen. Wenn Du an unserer Haustür klingelst, bin ich immer total aufgeregt, weil ich mich freue. Dann springe ich wie wild an Dir hoch. Du bekommst Angst, springst die Treppe runter und

läufst weg. Das kann ich gar nicht verstehen. Ich bin total traurig. Mag ich Dich doch so sehr!
Nun bin ich inzwischen älter geworden und bin nicht mehr so wild.  Als Hunde-Senior muss ich mit meinen Kräften haushalten.  Das hast Du inzwischen auch schon gemerkt und hast  vor kurzem zu Deinem Papa gesagt, dass Du das jetzt besser findest. So oder ähnlich hast Du es geäußert.

„Papa, ich gehe jetzt lieber zu  Asterix. Er springt mich nicht mehr so wild an, und ich muss keine Angst mehr haben, dass er mich umwirft."

Noch ein süßes Erlebnis aus früheren Zeiten möchte ich hier erzählen.

Als Ole einmal vor mir weggerannt ist, weil er Angst hatte, meinte seine Oma:

„Ole, nicht vor Asterix weglaufen. Der Hund denkt dann: 'Du bist seine Beute' und verfolgt Dich, bis er Dich gefangen hat. Am besten, Du bleibst ruhig stehen oder gehst ganz langsam an ihm vorbei. Dann wird er von Dir ablassen."

Ole versuchte es einige Male, sich so zu verhalten.
Als dann seine Mutter kam, meinte der muntere
Junge: „Mami, ich bin Beute!" Das war auch ein neues
Wort für ihn. Er sammelt gerne Wörter.

So ganz allmählich habe ich wohl einen Freund in Ole,
unserem jüngsten Familienmitglied, gefunden.
Und das macht mich glücklich!

Lieber Ole, Du kannst Dir gar nicht vorstellen, wie
lieb ich Dich habe.

Und Du, lieber Ole, scheinst mich auch zu mögen.
Der Beweis: Als Ihr im Deutschunterricht im
Pädagogium Otto-Kühne-Schule die Aufgabe gestellt
bekommen habt:
„Erzähle von einem Tier, das Du kennst und das ein
Freund von Dir ist."
Da hast Du einen Hund gewählt. Insbesondere hast
Du Dich für die Rasse Jack/Parson Russell Terrier
entschieden — also für meine Rasse. Und Du hast
mich als Protagonisten gewählt. Mich Asterix, Deinen
Freund. Du hast ein Profil quasi einen Steckbrief von
mir erstellt und ein Foto beigefügt. Fein! Wuffwuff!
Das finde ich ganz toll! Du bist mein bester Freund.

Weißt Du, lieber Freund, Du kannst mir alles erzählen.

Wenn Dich etwas bedrückt, wenn Du Kummer hast, wenn Du Dich besonders freust. Wenn Du Schwierigkeiten hast — in der Schule oder so...

Ich, der wilde und jetzt sanfte Asterix, bin immer für Dich da. Du kannst mir alles in meine großen Hundeohren flüstern. Und ich fiepe dann ganz leise zurück, um Dir einen Rat zu geben.

Wenn die Jungen oder Mädchen, die Du für Deine Freunde hältst, nicht immer zu Dir halten, dann hast Du immer noch mich als großen Freund, als kleinen Hund mit einem großen Herzen, der zu Dir hält. In guten wie in schlechten Zeiten...

# Corona-Zeiten:
# Garten-Boy — mein neuer Name

Wir schreiben das Jahr 2020. Etwa seit Februar dieses Jahres treibt ein neues Virus namens Corona, Covid 19, sein Unwesen nicht nur in Bonn, nicht nur in Deutschland, nein in der ganzen Welt. Es gibt viele Infizierte in verschiedenen Orten. Es bahnte sich eine Epidemie an. Nein, nicht nur eine Epidemie, sondern eine Pandemie. Plötzlich wurde von der Regierung der Lockdown angeordnet.

Das bedeutet: Zuhause bleiben — Hände waschen und desinfizieren — Abstand halten — Maske tragen.

Das ist alles sehr wichtig, insbesondere da mein Herrchen sehr krank ist und zu den Risiko-Personen gehört. Mein Frauchen geht nicht mehr mit mir in das Dorf Mehlem, weil einige Krankenschwestern und Pfleger das geraten haben.
Und die anderen Menschen, die bei uns im Drachensteinpark vorbeikommen, halten auch Abstand. Sie kommen nicht mehr so nah wie sonst an

unseren Zaun. Auch die anderen Hunde, meine Kumpels und Kumpelinnen, haben die Devise: „Abstand halten" verinnerlicht.

So habe ich meine kleine Jack Russell-Freundin aus unserem Dorf, die zufällig auch Lizzy heißt und etwa so alt ist wie ich, schon lange nicht mehr gesehen. Geht sie mit ihren Menscheneltern noch im Park spazieren? Bin ich dann gerade im Garten oder vielleicht im Haus? Wo bist Du, Lizzy? Wir haben fast jeden Abend aneinander geschnüffelt und uns so auf unseren Spaziergängen begrüßt. Ist das jetzt alles vorbei? Traurige Zeiten. Wie lange noch?

Seit kurzem habe ich auch meinen neuen Namen:
„Garten-Boy".
Wohl, weil ich so oft im Garten bin, was mir auch sehr gut tut. Vitamin D tanken == gut für meine Knochen, wie Frauchen immer so süß sagt.

Alles in allem genieße ich die Zeit im Garten und bin sooft draußen, wann immer ich will! Und wann immer ich darf. Neben einer kleinen Tanne im – bisweilen hohen Gras – habe ich ein Schlafplätzchen für meinen Mittagsschlaf gefunden, von dem aus ich den Parkweg und den Park beobachten kann.

# Corona:

Jetzt sage ich etwas, was man vielleicht nicht sagen darf.

Seitdem es den Lockdown gibt, ist es ruhig im Park, im Parkweg und auf den Straßen. Es herrscht eine himmlische Ruhe! In der Tat, die Ruhe kommt auch von oben, vom Himmel! Der Grund: Es fliegen keine Flugzeuge mehr. Super! Man kann so richtig entspannen und auftanken. Ich als Hund finde das toll! Und auch die Menschen scheinen zufrieden zu sein. Nicht mehr so hektisch, nicht mehr so nervös.

Nicht mehr: „Immer mehr! Immer höher! Immer weiter!"
Vielmehr: „Zuhause bleiben! Im Garten bleiben! In der näheren Umgebung spazieren gehen." Zum Beispiel bei uns im Drachensteinpark. Da gibt es einen herrlichen großen Kastanienbaum und „ein kleines Wäldchen", wie mein Frauchen Marlis immer so schön sagt.
Ihr seht, ich höre sehr auf mein Frauchen! Und dann gibt es da noch römische Säulen. Die Römer sind ja bis Bonn gekommen. Vielleicht waren sie auch in

Mehlem. Oder eine andere Erklärung für die Säulen lautet wie folgt:

„Da gab es einmal vor langer Zeit eine wunderschöne alte Villa mit Säulen am Eingang. Die Villa wurde irgendwann zerstört – vielleicht im Krieg - oder abgerissen.  Doch die Säulen blieben."

So gibt es römische Säulen in Mehlem.
Das finde ich als kleiner Hund sehr schön.
Für mich sind die Säulen ein Orientierungspunkt.
Da ich nun schon älter bin und trotzdem gerne auf Abenteuer-Trip gehe, verlaufe ich mich schon mal. Wenn ich die Säulen entdecke, weiß ich sofort, wo ich bin. Nämlich unweit von unserem rosa Haus.

Also, Ihr seht, ich bleibe gerne zuhause. Da kenne ich mich aus. Dann kann mir nichts oder wenig passieren... Ich denke, das ist auch für die Menschen gut. Einmal zur Ruhe kommen, die Welt in der Nähe entdecken. Vielleicht ist Corona doch für etwas gut. Zuhause bleiben — ich bin glücklich in meinem großen Garten, meinem Reich. Die Natur blüht auf! NATURA EST ARTIS MAGISTER = DIE NATUR IST DIE GRÖSSTE KUNST

# Willst Du mit mir Gassi gehen?

Ich, der kleine Hund Asterix freue mich riesig. Warum? Wir bekommen Besuch! Eigentlich kommt Sven-Eríc jeden Freitag. Heute kommt Christin mit. Christin geht so lieb mit mir Gassi. Durch den Drachensteinpark, an den Rhein. Bisweilen treffen wir andere Hunde, meine Kumpels. Das mag ich. Doch jetzt zu Corona-Zeiten bleibt jede Begegnung auf Abstand. Nur Biene, meine kleine neue Freundin vom Gartenzaun, darf ich kurz anschnüffeln.

Ich stelle mir gerade vor, wie würde ich wohl mit einer Schutzmaske aussehen? Die Maske müsste lang sein, damit sie meine Wolfsschnauze voll umfasst.
Können Hunde sich anstecken?
Können Hunde Menschen anstecken, wenn sie mit Covid 19 infiziert sind?

=== Das sind hier die großen Fragen?

Gibt es Studien hierzu?
Wie aussagekräftig sind diese?

Auf jeden Fall sind meine Spaziergänge mit Christin wunderschön. Sie nimmt Rücksicht auf mich, wenn ich etwas langsamer gehe und öfter kleine Pausen mache, um am Boden zu schnüffeln. Bin ich doch mit meinen 15 ½ Jahren nun schon ein Hunde-Opa, ein Senior. Und muss mit meinen Kräften haushalten.

Das hängt auch von meiner Tagesform ab. Geht es mir gut, dann flitze ich wie wild durch unseren Garten. Geht es mir nicht so gut, dann ruhe ich mich gerne viel aus wie zum Beispiel heute, am 20. Juli 2020. Kennt Ihr Menschen das auch?

Vielleicht bin ich ja wetterfühlig? Große Hitze spüre ich schon, bevor sie kommt.

Übrigens meinen Gassi-Frage-Blick habe ich auch bei anderen Menschen drauf. Wenn Alex kommt und mir ein besonders feines Leckerli mitbringt, zeige ich ihm, dass ich nun, nachdem ich meinen Appetit auf Leckerli ein wenig gestillt habe, gerne mit ihm im Park spazieren gehen würde. Alex versteht das und greift schnell zu meiner Leine! Große Freude auf meiner Seite.

# Begegnung mit Tyson

Wo ist mein Rudel? Ich habe zwei Rudel. Einmal mein Menschenrudel, bestehend aus Herrchen und Frauchen. Mein erweitertes Menschenrudel umfasst noch Sven-Eríc, den Sohn des Hauses, und Christin, seine Frau, sowie die beiden Jungen Leo und Ole. Mein engstes Menschenrudel ist fast immer bei mir. So fühle ich mich stets geborgen. Wenn ich im Garten bin, schaue ich oft auf der Terrasse vorbei oder sehe ins Haus, ob die beiden da sind. Dann ist die Welt für mich in Ordnung.

Zum anderen gibt es mein Hunderudel. Mein erstes Hunderudel bestand aus Luna, Idefix und Mozart. Doch leider sind die anderen wohl über die Regenbogenbrücke gegangen. Darüber bin ich sehr traurig. Haben wir doch gemeinsam eine Projektgruppe gegründet und so manch einen Kriminalfall gelöst. Das habe ich seinerzeit in meinem Buch „Leo und Astix" - Der Junge und der Hund – aufgeschrieben.

Nun möchte ich mir ein neues Hunderudel suchen. Das ist besonders zu Corona-Zeiten ein schwieriges Unterfangen. Meine Parson Russell Freundin Lizzy, die ich vor Corona bei unseren Abendspaziergängen mit ihrem Frauchen und Herrchen meist im Drachensteinpark getroffen habe, wäre ein geeignetes Rudel-Mitglied. Doch ich habe die süße Maus schon lange nicht mehr gesehen.

Dann ist da noch Simba, meine erste große Liebe. Sie wohnt jetzt nebenan, bellt bisweilen, ist aber nicht mehr oft im Garten zu sehen. Sie ist wohl sehr häuslich geworden. Wir sind ja nun gute Freunde.

Seit einigen Wochen gibt es Biene, die aussieht wie eine Biene mit ihrem ocker-bräunlichen Fell. Ich habe das kleine Hundemädel an unserem Zaun kennengelernt.

Weil ich nun kein richtiges Rudel mehr habe, ist wohl vor einigen Wochen etwas Merkwürdiges passiert.
Eines Tages steht das Gartentor offen. Der Paketbote hat vergessen, es zu schließen. Da kommt ein junger Mann mit einer französischen Bulldogge an der Leine vorbei. Vielleicht ein neuer Rudel-Freund?

Ganz spontan folge ich der kleinen Bulldogge. Mal sehen, wo mich dieser Ausflug hinführt.
Brav trotte ich den beiden hinterher. Sie haben mich wohl adoptiert, denn keiner von beiden sagt etwas oder protestiert.

Durch den Drachensteinpark, rechts in die Nibelungenstraße und dann...
Da plötzlich höre ich die lieb gewordene Stimme meines Frauchen:
„Asterix, Asterix, Leckerlis! Wo bist Du , süßer Asterix?" Ich sage nur „Wuff, wuff" vor mich hin und trotte weiter, immer weiter.

Inzwischen hat mein Frauchen Marlis ein junges Pärchen getroffen, das einen weißen Hund mit schwarzen Abzeichen mitführt. Er sieht ein wenig aus wie ich. Marlis spricht die jungen Leute an und erfährt, dass sie gerade einen Hund gesehen haben, der unser Asterix sein könnte. Die junge Frau läuft uns schnell hinterher, gefolgt von meinem lieben Frauchen. Ich, Asterix, der wilde Gallier, bin glücklich. Komme ich mir doch etwas einsam vor in diesem fremden, mir unbekannten Rudel...

Gemeinsam gehen wir zu Tyson, dem Hund von dem jungen Pärchen. Er trägt den Namen eines bekannten Boxers, ist selbst aber kein Hund der Rasse 'Boxer'. Wir beide stehen uns gegenüber, schauen uns an und schnuppern aneinander, wohl, um die Lage zu checken.   Tyson ist mir sympathisch. Doch als heimlicher Herrscher hier im Drachensteinpark muss ich zeigen, wer hier den Ton angibt. Eine kurze Ansage mit der Schnauze in Richtung Tyson und schon sind die Fronten geklärt!

Beide gehen wir in Richtung Zuhause: ich mit meinem Frauchen — Tyson mit seinem Herrchen und Frauchen.

Das war ein spannender Nachmittag. Dieser Ausflug war abenteuerlich, aber nun bin ich froh und glücklich, wieder zuhause zu sein. Bei meinem Herrchen, in meinem Körbchen.

Zuhause muss ich auch wieder meiner neuen Aufgabe nachkommen:
'Auf Herrchen aufpassen'. Seitdem Herrchen krank ist, sehe ich da als meine Mission an.

„Zuhause bleiben!" — das ist jetzt auch mein neues Motto. Angesichts der noch unbekannten Gefahren und Folgen der Pandemie empfehle ich all meinen Lesern, sich dieses Leitmotiv zu eigen zu machen und sich nicht in der Weltgeschichte herumzutreiben.

## Die Medien und ich, der kleine Hund

Unter Medien verstehe ich TV – Laptop und Handy. Wenn meine Menscheneltern Fernsehen schauen, was in der Regel ab 19.00 Uhr geschieht, dann setze ich mich zu ihren Füßen. Oder später, wenn Frauchen oben im Atelier Fernsehen schaut —  meist einen Film oder 'Hart aber fair ' oder eine andere politische Talk-Show — dann kuschele ich mich neben mein Frauchen ganz eng, um ihre Wärme zu spüren. Um zu fühlen, dass ich nicht alleine bin.

Ab und zu bekomme ich auch eine kleine Erdnuss zum Naschen. Nüsse sind gut für meinen Kopf, für meine Gehirnleistung insbesondere jetzt, da ich älter werde. Manchmal kommen auch Hunde in Fernsehfilmen vor. Als ich jung war, musste ich erst realisieren, dass die Vierbeiner nicht in unserem

Zimmer sind. Bisweilen habe ich dann gebellt, vielleicht um sie zu begrüßen oder zu vertreiben. Ganz aufgeregt bin ich, wenn ein Jack Russell Terrier auf der Leinwand erscheint,  z.B. bei „Da kommt Kalle". Das ist dann sehr lustig für mich!

Wenn mein Frauchen sich ans Laptop setzt, freue ich mich besonders. Gern betrachte ich die hübschen Hundemädel und die imposanten Rüden auf Facebook, wo Marlis schon mal in den einzelnen Hundegruppen surft und ein Bild von mir einstellt. In so einer entspannten Stunde habe ich auch Lizzy, meine Internet-Liebe entdeckt. Sie sieht sehr süß aus mit ihrer Halskette, wie ich ja schon erwähnte und gerne wiederhole. Ich muss oft an die niedliche Maus denken.

Was mir nicht so sehr gefällt, ist das Handy. Wenn Marlis auf ihrem rosa Sessel sitzt und Musik auf dem Handy hört, um zu entspannen, dann ist sie in einer anderen Welt, und ich muss sie mehrmals anstupsen, damit sie in meine Welt kommt. Ich verstehe ja, dass mein fleißiges Frauchen diese Momente der Entspannung braucht, da sie viermal am Tag für uns drei Essen zubereitet, aufräumt,

Wäsche wäscht, die Fliesenböden wischt, sich um den Garten kümmert etc. Und dann noch ihre Bürotätigkeit im Zusammenhang mit unseren Ferienwohnungen im Internet und am Drucker erledigt.

Also, ich kann vieles im Leben der Menschen nicht verstehen. Ich als kleiner Hund mit einem großen Herzen möchte gerne, dass überall das Herz regiert.

# Simba — meine erste Liebe

Sie ist am gleichen Tag geboren. Meine Nachbarin, erster Flirt, jetzt Freundin. Wir werden gleichsam zusammen nebeneinander alt. Unsere Frauchen können sich über uns austauschen, zum Beispiel, wenn es uns einmal nicht so gut geht. So geschehen bei der großen Hitze im Juli und August 2020.

Es war ein herrlicher Sommertag im Juli 2005, als ich Simba zum ersten Mal sah. Mein Frauchen war mit mir am Rhein gegenüber dem imposanten Drachenfels spazieren. Wir waren auf dem Rückweg und in dem Mini-Wäldchen — so nenne ich die kleine Baumgruppe in der Nähe der römischen Säulen im Drachensteinpark — als ich eine süße weiße Hündin mit besonders hübschen Ohren mit ihrem Frauchen und einem Herrn entdeckte. Mein Herz schlug wild:
„Die ist süß, die Kleine", dachte ich so bei mir, „die möchte ich gerne kennenlernen!"
Und so steuerte ich denn meine Pfoten in die entsprechende Richtung. Die Hündin mit ihrem Gefolge kam ebenfalls auf uns zu. Was für ein Glück! Wir verliebten uns ineinander...

Nun zu einem ganz anderen Thema: Corona

# **<u>Tierärztliche Hochschule Hannover und Bundeswehr bilden Corona-Hunde aus</u>**

Das ist eine frappierende Überschrift im August-Magazin des Bundesverbands Rettungshunde e.V. Corona ist immer noch da. Es wird wohl auch so schnell nicht weggehen. Um so wichtiger ist es, dass wir klugen Spürhunde auf der Suche nach Infizierten mithelfen. Ich, Asterix, der wilde Gallier, kann ja besonders gut riechen und aufspüren. Das ist mein immer noch am besten ausgestatteter Sinn. Leider kann ich nicht mehr so gut sehen. Und hören will ich nicht immer. Aber riechen, Leckerli riechen und eine Katze aufspüren, das kann ich noch immer sehr gut.

Also im Bereich der Feldforschung bilden die Stiftung Tierärztliche Hochschule Hannover (TiHo) und die deutsche Bundeswehr gemeinsam Corona-Hunde aus.

Laut einem Artikel im Anzeiger des Bundesverbands Rettungshunde e.V. vom August 2020 nehmen insgesamt acht Vierbeiner der einzigen Diensthundeschule der Bundeswehr an dem Projekt teil, darunter Schäferhunde, Spaniel und Retriever.

## Hohe Trefferquote

Es ist bekannt, das speziell ausgebildete Hunde in der Medizin bereits eingesetzt werden, zum Beispiel in der Krebsfrüherkennung. Selbst Hunde, die eng mit ihrem Frauchen und/oder ihrem Herrchen verbunden sind, sollen vorzeitig erkannt haben, dass ihr liebster Mensch nicht gesund ist. Sie erkennen dies wohl am Geruch...

Aufgrund der Erfolge in der Krebsfrüherkennung durch speziell ausgebildete Rettungshunde ist auch die Idee für das Corona-Projekt entstanden.

## Spürhunde in der Medizin

Ausgebildete Spürhunde können verschiedene Krebsarten schon in einem frühen Stadium erschnüffeln. Die Früherkennung ist bei der lebensbedrohlichen Krankheit sehr wichtig. Denn je früher erste Zellveränderungen erkannt werden, umso höher ist die Chance auf Heilung.

Im ersten Schritt der Studie hatten die Hunde eine Trefferquote von etwa 80 Prozent. Dabei schnupperten die Tiere an Speichelproben Infizierter, in denen das Corona-Virus chemisch unschädlich gemacht wurde.

„Speichel hat den Vorteil der schnellen und ortsunabhängigen Verfügbarkeit, wenn viele Menschen getestet werden sollen", äußert sich TiHo-Doktorandin Paula Jendirny.

**Die nächste Hürde**

Nach erfolgreichem Abschluss der ersten Versuchsreihe musste die nächste Hürde genommen werden:
Das Anzeigen aktiver Viren. Natürlich alles unter höchsten Vorsichtsmaßnahmen.

**Ergebnisse veröffentlicht**

Das Ergebnis der Corona-Versuchsreihe war positiv.

Am Ende der Versuchszeit zeigte sich:
Nach nur einer Woche Training konnten die Hunde zuverlässig Proben von Corona-Infizierten von den nicht infizierten Kontrollproben unterscheiden. Nach Angaben der TiHo lag die Trefferquote bei 92 Prozent.

Solche speziell ausgebildeten Hunde könnten jetzt ergänzend zu Labortests bei Großveranstaltungen wie Sportevents zum Einsatz kommen.

Wie wir im Fernsehen gesehen haben, werden diese besonderen Spürhunde schon auf Flughäfen bei Reiserückkehrern  eingesetzt, um zu erschnüffeln, ob diese eventuell infiziert sind.

Auch eine tolle Möglichkeit, um diese neue Krankheit Covid 19 zu erkennen.
Wenn ich jünger wäre, würde ich auch gerne so einen Lehrgang für Spürhunde mitmachen. Meine Nase ist nämlich noch immer mein bestes Sinnesorgan!
Wuff Wuff!

Ich würde gerne Menschen retten.
Ich würde gerne Menschen helfen.

# Vom Jungbleiben und vom Älterwerden

Manchmal schauen mich fremde Leute interessiert und fragend an. Je nachdem, in welcher Stimmung ich gerade bin und wie ich mich verhalte, kommen unterschiedliche Kommentare.

Wenn ich munter herumspringe oder schnell laufe, dann meinen sie:
„Der Hund ist ja noch jung!?"

Wenn ich zum Beispiel im Café Gilgen's gemütlich und schläfrig auf dem Boden liege, dann kommentieren manche Leute:
„Der ist aber schon älter!"

Ich muss sagen, das höre ich gar nicht gerne. Wer hört das schon gerne? Deswegen meint mein Frauchen dann auch:
„Was würden Sie sagen, wenn ich Sie kritisch betrachte und dann zu Ihnen sage:

'Sie sind aber schon älter'?" Ein böser Blick geht in unsere Richtung... Obwohl wir das gar nicht gesagt haben.
So ist das mit schnell dahin geworfenen, unüberlegten, unreflektierten Kommentaren.

Es gibt Tage, an denen ich mich jung und fit fühle.
Wenn die Sonne scheint...
Wenn Frauchen ein leckeres Frühstück zubereitet, zum Beispiel gekochte Eier oder Spiegeleier.
Hmm, lecker.

Oder wenn ich einem süßen Hundemädel begegne — dann bin ich total happy! Und das den ganzen Tag lang.
Aber in stillen Momenten, merke ich schon, dass ich älter werde. Das zeigt sich so, dass ich öfter und bisweilen länger in mein Rattankörbchen klettere, um mich auszuruhen. Mein Frauchen setzt sich ja auch öfter auf ihren altrosa Sessel mit dem Hocker, um eine Pause von ihrem Tagwerk zu machen. Insbesondere wenn sie viel Hausarbeit hat, was anstrengend ist, wie ich beobachten kann.

Was kann ich tun, um fit zu bleiben? Täglich Hunde-Gymnastik machen? Vorderbeine strecken - ein Hinterbein strecken, dann das andere. Die Treppe zum Atelier hochklettern oder hochspringen oder — entsprechend meinem Alter — langsam hochgehen?


Mein Fazit:
Es ist wohl so, dass ich mich wie alle Lebewesen, Mensch und Tier, damit abfinden muss, besser es akzeptieren muss, dass ich älter werde. Mit jedem Tag, mit jedem Monat, mit jedem Jahr: alles in allem mit jedem Erlebnis.


Aber ich kann auch stolz sein, dass ich so alt geworden bin. Dass ich das Lebensalter von 15, 5 Jahren erreicht habe, wie in Sachbüchern über Jack/Parson Russell angegeben. Und das ohne schwere Krankheiten, ohne Medikamente.


So ist die Behandlung durch meine Menscheneltern wohl richtig. Das gilt für Ernährung, Bewegung, soziale Kontakte zu anderen Hunden und Menschen, besondere Erlebnisse, wie zum Beispiel Reisen, Aufenthalte am Meer und in den Bergen — im

Sommer und im Winter (ich mag Laufen im Schnee sehr gerne).

Und die guten Gene, die ich von meinen Hundeeltern und Vorfahren — unter anderem aus England — mitbekommen habe, spielen auch eine wichtige Rolle. Und schließlich unser Leben in einer relativ gesunden Umwelt in einem Park ohne allzu viel CO2 – Ausstoß!

# Was ich noch gut kann, was ich nicht mehr so gut kann

Leider kann ich seit ein paar Wochen nicht mehr so gut sehen. Vielleicht brauche ich eine Hunde-Brille. Aber so etwas gibt es für Hunde ja nicht. Oder ich muss mehr Gemüse fressen, wie Möhren, Spinat, Gurkenstückchen etc. Ich mag gerne Gemüse. Auch Gemüsesuppe mit Wurststückchen. Natürlich.

Im Haus und im Garten finde ich mich gut zurecht, denn ich weiß, wo welche Gegenstände stehen. Oder im Garten, wo welche Blumentöpfe, Gartenstühle, Gartentische stehen und wo welche Bäume und Pflanzen wachsen. Manchmal stoße ich auch an.

Wo meine Futter- und Wassernäpfe sind, das weiß ich auch. Wenn Frauchen diese füllt, so höre ich das an den Geräuschen. Meine Ohren sind nämlich noch sehr gut. Sie hören nur nicht, wenn ich nicht hören will, das heißt, nicht gehorchen will.

Wenn Frauchen mir zum Beispiel in der Küche Leckerli auf den Boden wirft, dann sagt sie dazu: „Asterix, such, such!" So weiß ich Bescheid und laufe in die Richtung, die sie mir zeigt. Wir sind ein eingespieltes Team. Also satt werde ich immer. Dafür sorgen Herrchen und Frauchen und Sven-Eric, der mir auch manchmal besondere Leckerlis mitbringt. Dann gibt es da noch Onkel Alex, der Dienstags kommt und besondere gedrehte, zweifarbige Leckerli mitbringt. Ihr wisst schon, welche ich meine. Ich möchte hier doch keine Werbung für eine bestimmte Marke machen.

Insgesamt klappt das alles noch recht gut. Zumal ich auch weiterhin gut riechen kann. Wie Ihr sicher wisst, ist der Geruchssinn beim Hund ca. 300 Mal so gut wie beim Menschen.

Zusammenfassend kann ich feststellen: Wenn auch alle Sinne nicht mehr so gut sind wie bei einem jungen Hund, fühle ich mich doch sehr wohl auch in meinem Alter. Denn ich fühle mich in meiner Menschenfamilie sehr gut aufgehoben und geborgen. Auch wenn es mir mal nicht so gut geht, kümmern sich meine Menschen sehr liebevoll um mich. Frauchen streichelt mich oft und spricht mit sanfter Stimme beruhigend zu mir.


## Milben haben zu geschlagen


Es ist Mitte Oktober und ziemlich lau. Eigentlich viel zu warm für die Jahreszeit. Ich bin draußen im Garten auf unserer Wiese, und plötzlich pickt es! Dann ein entsetzliches Jucken! Ich kratze mein rechtes Hinterbein am Oberschenkel.
Zunächst gehen wir mit bewährten Hausmitteln an die Sache heran. Als da sind: Waschen mit Kernseife, die kritischen Stellen mit einer Lösung aus Apfelessig und Wasser in der Mischung 1 : 1 einreiben.

Außerdem hat mein Frauchen ein Medikament bei der Apotheke in Mehlem bestellt: *MilbenEx zum Sprühen.* Das tut gut und beruhigt.

Hat der Milbenbefall auch Auswirkungen auf mein Allgemeinbefinden? Das ist hier die Frage?

Auf jeden Fall fühle ich mich nicht so richtig wohl. Und möchte am liebsten ständig schlafen. Was mir noch Spaß macht, ist fressen. Mein Frauchen bereitet mir leckere Sachen zu. Als da sind: weich gekochte Eier, Kartoffel-Puree mit Butter und etwas Speck, = mein Lieblingsgericht, eine feine Gemüsesuppe mit Wurststückchen, Leberwurstbrot, Lachsfilet mit Butterpfannengemüse und viele andere schmackhafte Mahlzeiten. Auf mein Trockenfutter habe ich zur Zeit wenig Appetit.

Das Essen bereitet mir weiterhin viel Freude und ist eine angenehme Abwechslung an diesen trüben Herbsttagen.

Schön und behaglich ist es in meinem Hundekorb mit der bequemen Pfoten-Decke. Wir hören leise Musik.

Mein Frauchen sitzt am rosa Laptop und schreibt für mich in meinem Tagebuch.

Es ist der 24. Oktober 2020, ein herbstlicher Sonntag. Mein Frauchen hat mir erzählt, dass meine Gartenzaun-Freundin Biene im Park spazieren gegangen ist. Hoffentlich kann ich diese kleine süße Maus, die mit ihrem schwarz-gelben Fell wirklich wie eine Biene aussieht, bald wiedersehen!!

Das ist mein innigster Wunsch.

Dazu muss ich wieder zu Kräften kommen. Leider mag ich seit kurzem nicht fressen. Ich habe kaum Appetit. Dann wieder lasse ich mich mit einem weich gekochten Ei oder zartem Hühnerfleisch von Frauchen verwöhnen.

Bald werden wir zum Tierarzt fahren. Hoffentlich findet er heraus, was mir nach dem Milbenbefall noch fehlt und wie  mir geholfen werden kann. Manchmal hat der liebe Doktor besondere Wundermittel in seinem Schrank, die es nur bei ihm gibt. Diese Chance muss man mir doch geben!

# Mein Frauchen

In dieser schwierigen Zeit wird mir wieder einmal bewusst, wie wichtig mir meine Familie ist. Da mein Herrchen seit einiger Zeit sehr krank ist, übernimmt mein Frauchen Marlis den Großteil der Fürsorge für mich.
Meinen Dank dafür, liebes Frauchen.

Manche Hunde nennen ihre Menscheneltern auch 'Mama' und 'Papa'. Irgendwie fühlt sich das auch richtig an, zumal sie ja die Funktion der früheren Hundeeltern übernehmen.

Also meine Mama schaut regelmäßig nach mir, auch wenn ich im Garten bin. Dort bin ich gerne. Es ist schön und weich im Gras. Wenn ich genug Kraft habe, laufe ich oft um unser rosa Haus. Das ist mein Reich. Das ist herrlich für mich! Unser Nachbar, Herr Meyer-Chopin, wundert sich darüber, wenn er oben im Nachbarhaus aus seinem Fenster schaut. Aber ich muss doch wie ein richtiger Hausherr in unserem Garten nach dem Rechten schauen! Insbesondere nach den beiden Katzen, die sich oft hinter unserem roten schwedischen Gartenhaus tummeln.


## Mein Herrchen


Mein Herrchen heißt Kalle. Wie der Hund aus dem ZDF-Hundekrimi: „Da kommt Kalle".
Wenn wir durch die Straßen von Bad Godesberg gehen, dann sagen viele Leute, wenn sie mich sehen: „Da kommt ja Kalle". Wohl, weil ich mit dem Fernsehkommissar Kalle Ähnlichkeit habe.

Nun zu meinem Herrchen. Mein Herrchen ist früher regelmäßig mit mir. morgens Gassi gegangen, bevor er zum Job mit dem Fahrrad fuhr. Das waren schöne Zeiten: Wir beiden Männer morgens um 6.30 h im Drachensteinpark.  Fast allein waren wir unterwegs. Bisweilen im Dunkeln oder im Sommer, als die ersten Sonnenstrahlen sich zögernd ihren Weg durch die Blätter bahnten.

Auch im Urlaub zuletzt in Greetsiel an der Nordseeküste und dann in Großenbrode an der

Ostseeküste übernahm Kalle diese wichtige und für mich spannende Aufgabe. Das war herrlich, schon morgens am Meer entlang zu laufen. Die frische Seeluft atmen, dann und wann eine kleine Brise, manchmal Sturm...
All das sind wunderschöne Erinnerungen, von denen ich als Hund oft träume. Insbesondere jetzt, da wir nicht mehr so große Reisen unternehmen. Und auch nicht mehr große Ausflüge wie früher.

Denn mein Herrchen ist seit einiger Zeit leider ziemlich krank, so dass er nicht mehr mit mir spazieren gehen kann. Das übernimmt nun mein Frauchen. Und ich muss mein Frauchen beschützen. Eine neue Aufgabe. Auch werde ich besonders lieb zu Marlis sein.

Aber mein Herrchen und ich, wir haben andere Momente der Nähe gefunden. Zum Beispiel: Wenn ich morgens in meinem Schlafkorb aufwache und mich einsam fühle, laufe ich zu ihm und lege mich vor sein Bett. Das ist zwar nicht so bequem, aber ich fühle mich meinem Herrchen nahe, höre seine Geräusche, sein Schnarchen. Ab und zu wirft er mir sein kleines pinkfarbenes Kopfkissen runter. Dies tut er wohl eher unbewusst, fast im Schlaf. Aber ich nutze die Gelegenheit und schlafe auf seinem Kissen weiter.

Auch ist Kalle großzügig, wie er immer war, und gibt mir ein Stück Brot mit Honig oder ein Leckerli. Er will mich doch verwöhnen. Zumal er weiß, dass Marlis strenger ist.

## Meine Familie

Neben Herrchen und Frauchen gibt es den Sohn von beiden Sven-Eric. Und seine liebe Frau Christin. Christin hat oft allerhand Tipps bereit von ihren Freunden und Bekannten, die auch Hunde haben, oder sie recherchiert im Internet.

Dann gibt es noch die zwei Söhne Leo und Ole.
Die beiden Jungs mag ich sehr gerne.
Als ich in die Familie kam, war Leo ein halbes Jahr alt, und Ole war noch nicht auf der Welt. Das war für mich kein Problem, zumal es in meiner ersten Menschenfamilie ein kleines Mädchen gab. So kannte ich Baby-Jauchzen, Babygeschrei, Babygeruch.

Wenn die Jungs zu uns zu Besuch kommen, bin ich kleiner Hund total aufgeregt. Vor Aufregung springe ich wild in die Luft, wenn Frauchen unsere Haustür öffnet. Oder ich laufe den beiden entgegen. Leo ist da ganz cool, geht ein wenig zur Seite, streichelt mich oder geht dann seines Weges.

Insbesondere Ole gegenüber bin ich manchmal vor Freude und Begeisterung zu wild. Er weiß dann nicht, ob er weglaufen oder bleiben soll...

Ich, der kleine Hund mit dem großen Herzen, muss lernen, dass ich rücksichtsvoll, sanft und vorsichtig mit Kindern umgehen muss.

Ich muss lernen, Menschen und Situationen richtig einzuschätzen und mich angemessen zu verhalten.

# Erlebnisse in Mehlem

## <u>Der Fischstand und die Sprotten, mein Lieblingsfisch</u>

Wenn ich mich in meinem Rattan-Körbchen ausruhe, was ich jetzt oft tue, dann denke ich gerne an besonders schöne Erlebnisse. Vor der Corona-Zeit, also vor dem ersten Lockdown im März 2020, sind wir jeden Freitag zum blau-weißen Fischstand auf dem Mehlemer Markt gelaufen. Ich mag Fisch. Fischessen erinnert mich an unsere spannenden Reisen an die Nord- und Ostsee. Genau gesagt nach Greetsiel und Großenbrode.

Am Fischstand hat Frauchen stets eine Nummer gezogen und dann brav hinter einigen Leuten gewartet, bis wir an der Reihe waren. Doch als ich den leckeren Fisch roch, war ich vorher schon so ungeduldig, dass ich, wie wild geworden, vor dem Fischwagen hoch und runter sprang. Immer hatte ich den smarten Herrn im Stand im Auge. Aus Erfahung wusste ich, dass Herr Stuch, sobald er mich

entdeckte, ein, zwei, manchmal auch drei goldene Sprotten in meine Richtung warf. Das war stets eine große Freude für mich kleinen Hund. Die Menschen um uns herum in der Warteschlange oder sonstige Passanten bewunderten meine Springkünste und fragten:
„Wie alt ist denn der süße, sportliche Hund?"
Als sie mein Alter hörten, nämlich 15 Jahre, waren sie doch sehr erstaunt, dass ich noch so fit war.

Währenddessen erzählte der sympathische Fischhändler Geschichten vom Meer, von den Lofoten ganz im Norden Norwegens. Er erklärte, dass die Sprotten besonders gut für die Muskeln seien. Andere Hunde kommen auch zu ihm zum Schnörzen.

Alle hörten zu und hatten ihren Spaß. Mein Frauchen kaufte Fisch und Meeresfrüchtesalat, manchmal auch Kartoffelsalat. Dann gab es noch 2, 3 Sprotten für mich obendrauf.

# Abendspaziergang

Schon nach dem Kaffeetrinken gegen 15.00 Uhr freue ich mich auf den Abend. Wisst Ihr, warum? Vor oder nach dem Abendessen unternehmen Frauchen einen Spaziergang ins Dorf. Unseren Parkweg nach rechts entlang, dann biegen wir links in die Bodenstaffstraße ab. Ich, Asterix, der wilde Gallier, bin gespannt, ob wir heute wieder meine kleine Abend-Freundin treffen.

Die Kleine ist ein Parson Russell Mädel, ein wenig älter als ich. Mit ihrem weißen Fell und den hellbraunen Abzeichen sieht sie allerliebst aus, wie ich finde. Und sie duftet auch sehr gut. Wir beschnüffeln uns jeden Abend, sofern wir uns treffen.
Ihr Name ist Lizzy. So hieß auch mein Internet-Liebe in der historischen Stadt Worms.

Leider ist unsere Begegnung stets sehr kurz, aber deswegen nicht weniger zärtlich und liebevoll. Deine Eltern, liebe Lizzi aus Mehlem, erzählen uns manchmal, ob Ihr verreist und wenn ja, wohin. Sie

nehmen Dich immer mit, so wie meine
Menscheneltern dies auch immer tun. Das finde ich
toll! Superhundetoll!

Als es im Sommer 2020 so heiß ist sitze ich oft
abends auf unserer Wiese im Garten. Und beobachte
die vorbeikommenden Menschen und ihre Hunde. Und
schaue nach Dir, liebe Lizzy, liebe Abend-Freundin.

In Corona-Zeiten und dann im dunklen Herbst haben
wir uns seltener getroffen. Zu meinem Bedauern.
Manchmal war ich schon im Haus: Ausruhen.
Deine Menscheneltern haben mir dann über mein
Frauchen liebe Grüße mit einem 'Wuff-wuff' von Dir
bestellt. Meine Freude darüber war sehr groß. Doch
ich war so müde; hundemüde!

# Wer ist denn da?

Als ich eines Nachmittags unten am Zaun am Abhang links von unserem Haus sitze, entdecke ich ein neues Hundegesicht. Der Hund ist winzig. Es ist ein Mini-Yorkshire-Terrier, wie sein Frauchen uns berichtet.

Wie mag so ein kleiner Hund wohl heißen? Er ist kein Welpe mehr, sondern ein ausgewachsener Hund aus dem Sauerland.

Sein Name: WOTAN. Wotan ist eine Gestalt in Richard Wagners Opernzyklus „Der Ring der Nibelungen" (aufgeführt 1876). Der Name Wotan ist eine Variante des germanischen Gottes Wodan.

Also ich als Asterix, der ja auch einen stolzen Namen mit Stolz trägt, finde den Namen Wotan ganz toll und trotz der kleinen Gestalt meines neuen Freundes auch irgendwie passend. Der Yorki hört seinen Namen sehr gerne und gehorcht auch ganz gut. Ebenso wie ich auch: selten, aber immer öfter.

Wotan hat hellgraues Fell und süße dunkle Knopf-Augen. Frauchen hat schon gefragt, ob er eine Schwester hat.

Also immer wenn ich Wotan entdecke, möchte ich zu ihm laufen.

Wenn dann zufällig ein Paketbote kommt und das weiße Gartentor offen lässt, nutze ich die Gelegenheit und entfleuche, so schnell ich kann. Hin zu meinem neuen winzigen Freund mit dem schönen Namen.
Sein Frauchen ist dann so lieb und gibt meinem Frauchen ein Zeichen oder sagt Marlis Bescheid, wenn sie gerade auf der Terrasse oder sonst irgendwo im Garten ist. Wir vier sind ein gutes Team. Jetzt in Corona-Zeiten kommen die beiden extra in den Park und dann auch zu uns, um soziale Kontakte zu haben. Das Ganze natürlich mit Abstand und nur zu zweit beziehungsweise zu viert mit uns Hunden.

Ich, Asterix, der einsame Hund in Zeiten von Corona, freue mich, dass ich diesen neuen Freund habe.

# Greetsiel — unsere zweite Heimat

Es ist ein trauriger Oktober-Nachmittag. Wolken am Himmel, ein leichter Wind. Der Park ist menschenleer und auch hundeleer. Wieder einmal liege ich in meinem beigefarbenen Korb und träume.

Gern erinnere ich mich an Greetsiel. Mehrmals in den letzten Jahren sind wir dorthin gefahren. In unsere Ferienwohnung im Hafendorf. Diese süße Wohnung — jetzt in Weiß und Rot gehalten — trägt meinen Namen: sie heißt *Skipper Asterix.*

In der gemütlichen Ferienwohnung habe ich mein eigenes Körbchen mit einem rot-grün karierten Kissen. Da fühle ich mich pudelwohl, das müsste in meinem Fall eher 'russell-wohl' heißen.

Greetsiel — das sind endlose Spaziergänge auf dem Alten Deich bis zum alten Hellinghus und dann um die Kurve nach links. Der Weg führt irgendwann zur Nordsee. Mein Frauchen und ich, wir gehen ihn jeden Morgen entlang, soweit wir kommen. Herrlich!

Greetsiel — das sind spannende Spaziergänge zu den bekannten Zwillingsmühlen. In der ersten Mühle machen wir drei gerne eine Pause, um Tee oder Cappuccino zu trinken und dazu ein leckeres frisch gebackenes Stück Kuchen zu naschen.

Greetsiel — das sind beschauliche Streifzüge durch das romantische Dorf am Hohen Haus und an der Kirche vorbei zu den niedlichen Boutiquen und Geschäften, oft mit kleinen Schaufenstern, hübsch dekoriert.

Greetsiel — das bedeutet gemütliches Frühstücken in unserer Wohnung mit Blick auf die Terrasse. Schön ist, dass ich direkt aus der Terrassentür auf die Terrasse laufen kann. Bisweilen laufe ich in die Mitte des Hafendorfs zu den grauen Häusern, wo Hunde gern gesehene Gäste sind. Ich muss doch schauen, welche Kumpels dort sind.

Ihr seht, in Greetsiel ist immer etwas los.
Nur jetzt nicht wegen des Shut-Downs. Denn im November 2020 sind jegliche touristische Reisen verboten. Wie lange, weiß niemand.

# Großenbrode — wunderschöne Ostsee

Seit Sommer 2016 haben wir drei ein Feriendomizil in Großenbrode am Fehmarnsund. Auch dorthin fahre ich immer mit. Mit großer Begeisterung.

Ich mag es, mit Kalle und Marlis auf der Promenade am Südstrand entlang zu schlendern. Stets eine leichte Brise — Möwengeschrei — Wellen — Meeesrauschen — Sonne.

Ich mag es, mit den beiden bis zum Café *Vaida* und dann bis zum bunten Yachthafen zu laufen.

Ich mag es nicht, auf die Seebrücke mitzugehen. Mein Herrchen liebt es, mehrmals am Tag bis ans Ende der Seebrücke zu gehen. Kalle fühlt sich dann wie auf einem Schiff, wie er sagt. Mir gefällt das nicht so sehr. Die Brücke ist für mich zu schmal, wenn ich zum Beispiel einem anderen, vielleicht Riesen-Hund begegne.
Und dann ist da noch das viele Wasser, manchmal sehr wild und stürmisch.

Unsere Wohnung ist sehr behaglich. Von mir hängt auch ein Bild im Kinderzimmer, auch Schlafzimmer 2 genannt. Ich laufe am Meer lang und drücke Frohmut aus. Vielleicht freut sich manch ein Gast über dieses Foto von mir als kleinem Parson Russell Terrier.

Vom Balkon aus haben wir einen einmalig schönen Blick auf eine weite Wiese mit Pferden, eine Pferdekoppel. Der Schimmel heißt *Schneewittchen*, der Rappen *Audrey*. Ich mag sie alle und ebenfalls die Zicklein, die weiter hinten auf einer extra abgezäunten Fläche stehen und sich jedes Mal über Besucher freuen. Mich als kleinen wilden Hund mögen die Zicklein auch. Sie kommen mir gerne entgegen.

Für mich und meine Familie ist das jedes Mal ein spannender Ausflug, wenn wir zu den Tieren gehen.

# Begegnung mit einer sympathischen älteren Dame

Bei uns in Bonn-Mehlem wohnt seit vielen Jahren eine nette ältere Dame in einem hübschen Haus. Wir sehen sie oft. Sie hat einen kleinen Hund, einen dunkelbraunen Dackel namens Bodo. Ihre Dackel heißen immer Bodo, mal haben sie lockiges Fell, mal glattes, wie der Bodo, der jetzt lebt.

Ich freue mich immer, wenn ich Bodo sehe.
Ich hätte ihn gerne zum Freund.
Ich hätte sein Frauchen gerne zur Freundin...

Doch das gelingt mir nicht so sehr, obwohl ich sein Frauchen lieb mit meinen dunkelbraunen Augen und schräg gehaltenem Köpfchen anschaue. Ich bin wohl zu laut, zu wild!. Einmal sagte sie sogar:
„ Wer bist Du denn? Dich mag ich nicht." Das stimmte mich total traurig.  Doch ich ließ in meinen Bemühungen nicht nach. Immer wenn ich die beiden sah, setzte ich meinen süßesten Hundeblick auf. Meist vergebens.

Doch auf einmal ändert sich das. Ich weiß nicht, warum. Eines Tages, als Marlis und ich wieder vor ihrem schönen Haus am Ende der Straße stehen, kommt die Dame aus der Tür und fragt mich, ob ich ein Leckerli möchte.
Da läuft mir das Wasser im Munde zusammen und ich wuffe: „Wauwau = das heißt gerne". Sie geht ins Haus zurück und bringt mir drei Leckerli.

Das ist wohl der Anfang einer wunderschönen Freundschaft. Als die Dame mich das nächste Mal sieht, beugt sie sich zu mir runter, schaut mir in die Augen und meint:
„Du bist schön, Du Kleiner! Ich mag Dich.
Was wäre unser Leben ohne Hunde?
Du bist wirklich schön. Du hast schöne Augen."

Erstaunt schaue ich sie an. Das geht mir wie Öl runter. Auch als kleiner Hund mit einem großen Herzen brauche ich Liebe und Zuneigung.

# Kinder

Ich mag Kinder. Das weiß ich, seitdem ich als Baby und Welpe bei Jeannette und ihrem Baby aufwuchs.

Das weiß ich, vielmehr es wurde mir erneut klar, als ich ins rosa Haus am Drachensteinpark einzog. Am nächsten Tag bekamen wir Besuch. Ich mag Besuch.

Wer kommt denn da? Was für ein niedlicher Junge? Ein neuer Spielkamerad? Meine Geschwister, die gleichzeitig meine Spielkameraden waren, waren schon aus dem Bauernhaus ausgezogen, oder ich musste sie bei meinem Abschied verlassen.

Leo heißt der kleine Junge, der nur einige Monate älter ist als ich. Auf Bitten meines neuen Frauchens versuche ich bei der Begrüßung vorsichtig zu sein, das heißt, nicht so stürmisch und wild, wie ich gerne bin. Wir verstehen uns sofort, obwohl Leo natürlich anfangs etwas schüchtern mir gegenüber ist.

Leo besucht uns von da an öfter, und jedes Mal freue ich mich. Wie Leo mein Freund geworden ist, könnt Ihr gerne in meinem zweiten Buch:

**Leo und Astix – Der Junge und der Hunde**

nachlesen.

Während unserer Spaziergänge im Park und im Dorf lerne ich noch andere Kinder kennen. Markant ist ein besonderes Erlebnis mit einer Gruppe Kindern.

# Kinder aus dem Kindergarten

An einem sonnigen Tag bin ich mit meinem Frauchen unterwegs in unserem geliebten Park unterhalb der Viktor Schnitzler Villa in Mehlem. Ich springe munter am Weg entlang und freue mich meines Lebens. Da höre ich sanfte Schritte hinter uns.

Eine Gruppe Kinder, so etwa 3 bis 6 Jahre alt, folgt uns. Ein kleines Mädchen, besonders mutig, pirscht sich nach vorne zu uns und fragt mein Frauchen ganz lieb:
„Ist der kleine Hund lieb oder böse? Beißt er ? Darf ich ihn streicheln?"
Das sind gleich drei Fragen auf einmal.
Frauchens Antwort:
„Unser kleiner Hund, genannt Asterix, ist lieb. Er mag Kinder. Bis jetzt hat er noch nicht gebissen. Doch Ihr müsst bedenken, in jedem Hund steckt ein Wolf. Also Umsicht und Vorsicht sind geboten."

Schon nähert sich eine Kindergärtnerin, die ebenfalls fragt:
„Dürfen die Kinder den Hund streicheln?"

„Ja gerne, bitte nicht alle auf einmal. Es ist am besten, wenn Ihr Euch in kleine Gruppen, zu zweit oder zu dritt, aufteilt und nacheinander den Parson Russell Terrier streichelt. Leise, sanft und vorsichtig. Mit dem Strich des Fells. Tabu ist, Asterix am Schwanz zu ziehen. Dann kann er ungemütlich werden. Ein Schnappen zur Warnung, vielleicht.".

Los geht's. Die erste Gruppe, bestehend aus einem Jungen und zwei Mädchen, stellt sich nacheinander neben mir auf. Zart und sanft, stets begleitet von den wachsamen Augen meines Frauchens und der Kindergärtnerin, streichelt mich das erste Mädchen namens Anna. Das ist ein ganz neues Gefühl für mich, ein schönes Gefühl. Die Kinderhände sind so zart.
Ein wenig ruppiger wird es, als der kleine Junge namens Linus, mich berührt. Er gibt sich alle Mühe, doch seine Händchen sind wohl etwas tolpatschiger. Aber das macht nichts. Ich genieße es trotzdem, mit den Kindern zusammen zu sein.

Lachen — Juchzen — Schreien: was gibt es Schöneres für mich kleinen Hund, als mit Kindern zu spielen. Ein besonderer Tag.

# Papa, Mama — Hund

Überall, insbesondere auch im Radio und im Fernsehen hört man, dass Weihnachten in diesem Jahr anders sein wird.

Einsam und traurig.
Für Menschen, die alleine leben und niemanden kennen, wird es besonders traurig. Ich, kleiner Hund, denke an all diese Menschen, und möchte ihnen mit meinen Gedanken Trost spenden...

Vielleicht müssen wir Weihnachten ganz alleine feiern. Im Radio erzählt ein sympathischer Moderator:
„Wir feiern Weihnachten Papa, Mama, Kind. Ohne unsere Großeltern, um diese zu schützen."

Darüber muss ich nachdenken. Bedeutet das für uns:

'Papa, Mama, Hund!'

Frauchen findet den Gedanken so imponierend, dass sie ihn ständig wiederholt.

# Schmusen im Atelier

Den ganzen Tag lang freue ich mich auf die schönsten, innigsten Momente am Tag.

Nach unserem letzten Spaziergang, nach dem Abendessen kommt eine herrliche Zeit für mich, für uns. Endlich Feierabend!

Den Feierabend verbringen wir seit Urzeiten in der gemütlichen ersten Etage unseres Hauses, genau gesagt im Atelier. Herrchen sagte früher immer dazu: 'Unser Wochenendhaus'. Ganz in Weiß und Zartgrau gehalten mit einem fliederfarbenen Sessel und Hocker als Blickfang. Dort stehen zwei Rattan-Liegen, die so behaglich wie mein Hunde-Körbchen sind.

Deswegen kuschele ich dort auch so gerne auf meinem hellblauen flauschigen Handtuch.

Früher war Herrchen immer dabei, als er noch voll gesund war. Jetzt bin ich leider oft alleine mit meinem Frauchen. Vielleicht um uns zu trösten, vielleicht aus tiefer Verbundenheit kuscheln wir uns aneinander und schauen gemeinsam Fernsehen. Ich warte meistens, dass ein Hund auf der Bildfläche erscheint. Andere Tiere, wie Katzen oder große Katzen, wie Geparde, Tiger, Leoparden, mag ich auch sehr. Vor allem ihre Geräusche imponieren mir.

A propos Hunde, vielmehr Parson Russell Terrier:

Gern erinnere ich mich an eine spannende Fernseh-Serie mit dem Titel:

„Da kommt Kalle"

Kalle ist ein Hundekommissar, gespielt von Archibald von den *Bravehearts*. Ich erinnere mich gerne an den markanten Hund, den wir an einem eisig kalten Tag, dem 03.01.2010, im am Timmendorfer Strand kennenlernen durften. Russell-Mädchen Paula war auch dabei. Das war ein wunderschöner Tag mit Kaffeetrinken mit Maike in Niendorf.

Ein Erinnerungsfetzen aus meinem Leben:

„Wenn ich kleiner Racker durch die Straßen von Bad Godesberg stromere, rufen die Leute oft:

'Da kommt ja Kalle vom Fernsehen!'

(Bilder hiervon in meinem 3. Hunde-Buch: „Hunde-Liebe"
— Ein Hund, die Natur und das Leben).

Das waren ereignisreiche Zeiten, an die ich gerne
zurückdenke. Besonders jetzt im 1. Lockdown wegen der
Corona-Pandemie. Jetzt fahren wir natürlich nicht nach
Bad Godesberg.
Im Gegenteil, wir gehen gar nicht unter Menschen. Im
Drachensteinpark halten wir Abstand.

# Träume

Wir hatten noch Träume:
Noch einmal zu dritt nach Greetsiel an die Nordsee fahren.
Noch einmal zusammen nach Norderney fahren...
Doch leider geht alles anders aus, als ich mir erhofft habe beziehungsweise wir uns gewünscht hatten.

Die letzte Nacht war schrecklich. Ich hatte unendliche Schmerzen. Einmal habe ich ganz laut geschrien! Es tut so weh! Aber ich kann nicht sagen, was und wo und wie. Ich kann es auch nicht zeigen.

Mein Frauchen kommt und schaut mich lieb an. Sie streichelt mich und hebt mich wieder in mein Körbchen, wohl eher in mein Sitzsofa, aus dem ich herausgefallen bin. Dies ist mir leider in letzter Zeit öfter passiert... Frauchen hat mir extra das Sitzsofa hingestellt, damit ich leichter rein und raus komme.

Dann geht alles ganz schnell.

Es ist Dienstag, der 03. November 2020.

Ein trauriger, dunkler Tag — ein Tag voller Schmerzen.

Ich mag nicht mehr aufstehen.

Ich mag nicht mehr fressen.

Sehnsuchtsvoll, fragend, bittend und zitternd schaue ich mein Frauchen an. Dann mein Herrchen. Sie sprechen miteinander. Und wollen beim Tierarzt noch einmal alles probieren: Untersuchung – Infusion – Spritzen und was es da sonst noch gibt...

Asterix hat seine letzte Reise zu den Sternen angetreten.

Ein Leben voller Liebe und Wuffen...

Eine Reise zu all den Lieben, die im Hunde-Himmel sind...

Wir hatten einen Hund, einen **Parson Russell Terrier**

**Er war unser Herzenshund.**
**Er bleibt unser Herzenshund.**
**Für immer!**

# Danke
## an meine Menscheneltern

=   Dass Ihr mich so lieb bei Euch aufnehmt als Familienmitglied,

=   fast wie ein Kind,

=   dass Ihr für mich sorgt,
mit mir leidet
und Euch mit mir freut

=   dafür danke ich Euch mit einem lieben Blick
aus meinen braunen Augen

=   einem Hochspringen an Euch zur Begrüßung,
wenn Ihr nach Hause kommt

=   einem lieben Wuffwuff

=   einem freudvollen Bellen

*Euer Asterix, der verspielte Parson Russell Terrier*

# Danke an Asterix

Wir danken  Dir, lieber Asterix,

== dass Du unser Leben bereichert hast,
== dass Du uns begleitet hast auf all unseren Wegen,
== dass Du mich, Dein Frauchen, getröstet hast,
   als unser Herrchen plötzlich so krank wurde,
== dass Du da warst...

für immer

Jetzt in unseren Träumen...

# Warum Hunde weniger lange leben als Menschen

Hier eine kleine, süße Geschichte, auszugsweise aus dem Englischen,  von Karin geschickt und von mir für Euch aufgeschrieben:

Hier ist eine überraschende Antwort eines 6jähringen Kindes. Als Tierarzt wurde ich aufgefordert, einen sehr alten irischen Wolfshund namens Belker zu untersuchen. Die Besitzer des Hundes Ron, seine Frau Lisa und ihr kleiner Junge Shane waren alle sehr an Belker gebunden, und sie hofften auf ein Wunder.

Ich habe Belker untersucht und festgestellt, dass er leider an Krebs stirbt. Ich habe der Familie gesagt, dass wir nichts für Belker tun können und habe angeboten, den alten Hund in ihrem Haus einzuschläfern.

Als wir die Vorkehrungen getroffen hatten, haben Ron und Lisa mir gesagt, dass sie dachten, es wäre

gut für den 6jährigen Shane dabei zu sein. Am nächsten Tag schien Shane beruhigt zu sein, den alten Hund zum letzten Mal streicheln zu können, dass ich mich fragte, ob er verstanden hat.
Innerhalb weniger Minuten schlief Belker friedlich ein.


Wir saßen noch eine Weile zusammen und fragten uns laut, weshalb das Leben der Hunde kürzer ist als ein Menschenleben.

Shane, der stumm zugehört hatte, sagte:
„Ich weiß, warum." Das, was aus seinem Munde kam, hat mich berührt.
Er sagte: „Die Menschen wurden geboren, damit sie lernen können, wie man ein gutes Leben lebt, wie man alle liebt. Nun Hunde wissen schon, wie man da macht, deswegen müssen sie nicht so lange bleiben, wie wir es tun.

# Epilog

Wir Menschen können viele Dinge
von diesen süßen Wesen,
wie es die Hunde sind, lernen
und in unser eigenes Leben mit hinein nehmen.
Neugierig in die Welt zu gehen und das Leben
jeden Tag neu zu entdecken,
neue Plätze zu inspizieren.
Den Augenblick zu leben.
In der Sonne zu dösen.
Zu träumen, zu träumen und noch einmal zu
träumen!
Ausgelassen und übermütig zu spielen und zu
toben.
Leckeres Essen zu genießen.
Freunde zu treffen und mit ihnen zu plaudern,
sprich zu „wuffen"!

Und ab und zu ein Schläfchen oder
einen gesunden Schlaf einzulegen...

*„kommt Asterix, ein putziger Parson Russell, ganz groß raus. Der Tatort ist immer wieder Bad Godesberg...“*
**Bonner General-Anzeiger**


**4.        Naschkatzen leben länger...**
 Anja  — Eine fantastische Katzengeschichte
91

Auf der Suche nach der verlorenen Zeit erzählt Katze Anja aus ihrem Katzenalltag. Sie erobert die Herzen ihrer „Katzenmenschen“, die mit ihr in einem rosa Haus wohnen. Plötzlich taucht ein naseweiser Streuner auf. Kater Max, ein Vagabund und Filou, ein kleiner Franzose!
*„Bei Katzenfreunden klingt eine Saite an, wenn sie Anjas gefühlvoll geschilderte Abenteuer lesen.“*
**Bonner General-Anzeiger**


**5**.        **Balsamico**
        Katze Anjas heimliche Liebe
Max ist gegangen. Samtpfote Anja sitzt am Fenster im rosa Haus am Park und träumt. Wird die süße Naschkatze sich noch einmal verlieben? Da taucht Balsamico auf, ein Halbitaliener mit großer Sehnsucht nach Italien. Doch Balsamico hat ein dunkles Geheimnis... Mit schönen Farbfotos. Eine Liebeserklärung an eine Katze!        *„Italo-Lover mit Schnurrbarthaaren*
*Die Übersetzerin und Autorin Marlis Hornig legt eine vergnügliche Katzengeschichte vor. Diese Geschichte ist das zweite literarische Denkmal, das die ‚tierische‘ Bonner Autorin ihrer im Mai 2004 verstorbenen Katze Anja setzt.“* **Bonner Rundschau**


**6.        Verliebt in Greetsiel**
        Ein Nordsee-Roman
LIEBE, OSTFRIESENTEE, KRABBEN, WEITE UND NORDSEE
Eigentlich wollten die drei Bonnerinnen nach Mallorca fliegen. Doch dann kommt alles anders, als geplant. Sophie, Singel, 30 Jahre jung, und Marietta, geschieden, allein erziehende Mutter, 40 Jahre, und Odile, ihre Tochter, 15 Jahre, landen mit Parson Russell Hündin Jani in Greetsiel. Eine Ferienwohnung direkt am Krabbenkutter-Hafen. Eine Bank — zwei Krabbenbrötchen — ein Foto. Spaziergänge durch Greetsiel, ein Tag auf Juist, ein Tag und eine Nacht auf Langeoog, ein

paar Stunden auf Norderney, eine Nacht im Heu. Sie verlieben sich in Greetsiel und nicht nur in Greetsiel...
*„Der Roman ist eine Liebeserklärung an das romantische Fischerdorf Greetsiel und an die Nordseeinseln mit einer zarten und zugleich leidenschaftlichen Liebesgeschichte."*
**Bonner General-Anzeiger**


„Ein detailverliebter Wellengang in und um die schöne Nordsee. Wie ein warmer Sommermorgen bis zum fulminanten Endpunkt!"
**Eine Leserin**


## 7.    Die Tage in Greetsiel (oder Sommerwein)

NORDSEEKRABBEN – WIND – WEITE – MEER
Felicitas fährt mit ihrer Tochter Julie und ihrem Parson Russell Terrier Felix nach Greetsiel an der Nordseeküste, um sich zu entspannen und über ihr Leben, ihre Ehe und ihren Beruf nachzudenken.
Da entdeckt Felicitas am Hafen den Mann, den sie vor vielen, vielen Jahren einmal an der italienischen Blumenriviera geliebt hat: Katastrophe!
Eine Liebeserklärung an Greetsiel und an die Insel Norderney.
„Wie ein warmer Sommermorgen bis zum furiosen Endpunkt!" - Rezension einer Leserin


## 8.    Verliebt in Großenbrode – Ein Ostsee-Roman

WIND – WELLEN – MEERESRAUSCHEN – SONNE


Um zu vergessen, fährt Luisa mit ihrer Tochter Marie Fleur und ihrer Parson Russell Hündin Emma nach Großenbrode an der Ostsee.
Da ist der junge Surflehrer Ole, sportlich und lustig, da ist auch der ernste Meeresbiologe Louis Lacoste, dem sie schon einmal begegnet ist. Lust auf ein Abenteuer oder eine ernsthafte Beziehung?
Eine mitreißende Liebesgeschichte vor einer zauberhaften Kulisse.
Eine Liebeserklärung an Großenbrode am Fehmarnsund.

**Mehr zu den Büchern der Autorin:**

www.marlishornig.beepworld.de  — Autorenwebseite
   facebook: Herzbücher


**Webseite der Ferienwohnungen:**

*Wolkenlos Wolke 7 in   Großenbrode:*
www.ostsee-loft-Wolkenlos-Wolke7.beepworld.de
facebook: ferienwohnung-Großenbrode Wolkenlos Wolke 7
            ostsee-loft-wolkenlos-wolke7
www.traum-ferienwohnungen.de 141195


www.skipperasterix.beepworld.de – jetzt renoviert, neu gestaltet -
viel Weiß.
facebook: ferienwohnung-greetsiel Skipper Asterix

www.traum-ferienwohnungen.de 141195
www.traum-ferienwohnungen.de  Skipper Asterix

# Die Autorin

Nach dem Abitur auf dem Goethe-Gymnasium in Berlin-Lichterfelde studierte Marlis E. Hornig Französisch und Spanisch an der Johannes Gutenberg-Universität zu Mainz, Fachbereich Moderne Sprachen, Sachfach Volkswirtschaft in Germersheim.

Im Studium und im Beruf entdeckte Marlis E. Hornig, geborene Welski, Diplom-Dolmetscherin/Übersetzerin und Autorin, ihre Liebe zur Sprache.

Lesen – Schreiben – Malen :   ihre Leidenschaften.

Die Autorin ist verheiratet und hat einen Sohn sowie zwei Enkel.
Sie fährt gerne mit ihrem Mann und ihrem Parson Russell Terrier Asterix an die Nord- und  Ostsee.

*Ich liebe Geschichten:*
*zu hören, zu lesen, zu erzählen, zu schreiben.*
*Ich mag es, Menschen und Tiere zu beobachten.*
*Ich mag die Jahreszeiten.: Frühling, Sommer, Herbst und Winter*
*gleichermaßen.*

# Zum Buch

Parson Russell Terrier Asterix erzählt aus seinem Hundeleben im rosa Haus am Park in Bonn.

Spannende und aufregende Erlebnisse :
Ausgebüxt – Eine Nacht im Tierheim in Remagen—
Asterix' erste große Liebe Simba— Internet-Liebe Lizzy
- Garten-Boy  — Corona-Zeiten — Corona-Hunde —
Vom Jungbleiben und Älterwerden  —
Mein Frauchen — mein Herrchen — meine Familie –
meine Freunde und Freundinnen — Begegnungen in
Mehlem —  Kinder — Schmusen im Atelier

Liebe Leserinnen und liebe Leser,

lassen Sie sich verzaubern von einem charmanten kleinen Hund, einem kleinen Wolf,  mit einem großen Herzen, einem Schmusewolf.

Erleben Sie gemeinsam mit Asterix spannende und berührende Abenteuer.

Lernen Sie sein Zuhause kennen. Seine Freunde + Freundinnen und …Feinde...
Seine Träume...
Aber auch schwierige Stunden, besonders zu Corona-Zeiten.

Genießen Sie den literarischen Spaziergang am Drachensteinpark durch einen wunderschönen Herbst.
Herbst des Lebens!

Marlis E. Hornig

# Was ich noch sagen wollte...
## Corona

Inzwischen hat der Corona-Virus die Welt überschwemmt und auch Deutschland eingeholt.

Viele Menschen haben sich einen Hund geholt. Vielleicht wünschen sie sich in dieser schwierigen Zeit einen neuen Freund. Oft wird ein Hund aus einem Tierheim aufgenommen.  Das ist gut so.

Merkwürdig ist, dass durch das Auftreten von Corona viele  Wünsche und Forderungen der neuen  Bewegung

**Friday for Future**

erfüllt zu sein scheinen. In China, wo der Corona-Virus zum ersten Mal aufgetreten ist und sehr viele notwendige Maßnahmen ergriffen und  auch eingehalten wurden, ist die Umwelt jetzt sauberer.

Die Kohlendioxyd- und die Stickstoffwerte sind
deutlich gesunken,  da der Auto- und Flugverkehr??
sowie  die Industrieproduktion erheblich reduziert
wurden.

All dies ist auch sehr gut für unsere Haustiere! Sie
werden gesund älter.

**Es geht also**.

**Bescheidenheit** und **Solidarität** —
das ist das Gebot der Stunde.
Und niemand weiß, wie lange das dauern wird.

Wird ein Impfstoff die Lösung sein?

Wie wollen wir danach leben?

Sinnvoller – ehrfurchtsvoller gegenüber der

NATUR

? ? ? ?

In Liebe